W9-AYF-568

Las hadas brillan en la oscuridad

Graciela Beatriz Cabal

Las hadas brillan en la oscuridad

Ilustradora: Sofía Balzola

© Graciela Beatriz Cabal, 2000

© Ed. Cast.: Edebé, 2000
Paseo San Juan Bosco, 62
08017 Barcelona
www.edebe.com

Diseño de la colección: David Cabús.

Ilustraciones interiores y cubierta: Sofía Balzola.

1.ª edición, abril 2000

ISBN 84-236-5500-8
Depósito Legal B. 6822-2000
Impreso en España
Printed in Spain
EGS - Rosario, 2 - Barcelona

No está permitida la reproducción total o parcial de este libro, ni su trata-
miento informático, ni la transmisión de ninguna forma o por cualquier
medio, ya sea electrónico, mecánico, por fotocopia, por registro u otros
métodos, sin el permiso previo y por escrito del editor.

*En cada cosa que ves
está escondida un hada.*

Víctor Hugo

Me la encontré en el patio.

En el mismísimo patio de mi casa, caída al lado de la maceta del pinito.

Parecía dormida. ¿O acaso estaría muerta?

Por suerte era de noche y pude verla en seguida: las hadas brillan en la oscuridad.

Yo nunca había visto un hada tan de cerca.

Es más: yo nunca había visto un hada.

Por eso me asusté. Y corrí a buscar a mi mamá.

—¡Eh, mamá! ¡En el patio hay un hada!

Pero mi mamá estaba mirando la película de la tele.

—Te felicito, Nanu —me dijo—. No te lastimes.

Nada más me dijo.

Justo entonces mi papá llegó del trabajo.

—No me vas a creer, papá, pero...

¡en el patio hay un hada!

Mi papá me miró serio.

—¿Otra vez con jueguitos de mujeres, Nanu? Te dije que no me gusta...

Siempre lo mismo en mi casa.

De nuevo iba a tener que arreglármelas solo.

No, solo no. Había alguien que sí me iba a ayudar...

Pero antes tenía que colocar el hada en lugar seguro.

Aprovechando que estaba tan quieta, traje la linterna y la lupa y la miré bien: era lindísima, como las que aparecen en los dibujos animados y en los libros de cuentos que tiene mi abuela.

(Yo, cuentos de hadas, no tengo en mi casa, porque mi papá no quiere. «Cosas de nenas, los cuentos de hadas», dice mi papá.)

Lo que más me gustó del hada fue su pelo, largo y dorado. Y sus pies desnudos.

Cuando me animé a tocarla, apenas con la punta de los dedos, me pareció sentir que latía.

Con mucho cuidado, la sujeté por las alitas, tratando de que el polvo dorado no se me quedara en los dedos: eso es fatal, por lo menos para las mariposas.

Después la dejé apoyada sobre una hoja ancha y lustrosa.

Luego subí, me encerré en mi cuarto y marqué el número de la abuela Emma.

—Soy Nanu, abuela —dije en voz baja—. Y no sé qué hacer, porque aquí, en el patio, hay...

—Un hada.

—¡Un hada, sí! ¿Cómo lo adivinaste?

—Psss... ¿Ya saben algo en tu casa?

—Lo intenté. Les conté, pero no me hicieron caso...

—Era de suponer. ¿De qué tamaño es ella?

—Y..., no sé... Como un dedo mío, diría yo.

—¿Un dedo grande o un dedo chico?

—Chico, abuela.

—¿Del pie o de la mano?

—¡Ay, abuela, de la mano!

—¿Color de las alas?

—Doradas. Y transparentes.

—Bien, bien, bien. Seguro que es un áurea diminuta.

—¿Una qué, abuela?

—Nada... Por ahora, no hables con nadie del asunto, podría ser muy peligroso: mañana a primera hora estoy por ahí. Espero llegar a tiempo. Adiós.

—¿Cómo «adiós», abuela? ¿Y qué hago mientras tanto con el hada?

—Que se quede tranquila y quieta en un vasito limpio de boca ancha. Ah, y con una buena provisión de tréboles tiernos. ¡Quién sabe desde cuándo no prueba bocado!

—¿¿Tréboles tiernos?? ¡Es de noche, abuela! ¿De dónde saco yo tréboles tiernos?

—¡Ay, Nanu, Nanu! Si no fuera por tus orejitas en punta, dudaría de que soy tu abuela... ¡En cualquier maceta de cualquier patio de cualquier casa decente hay tréboles tiernos!

Y cortó.

De pronto tuve un horrible presentimiento: ¿y si al Toto, que era medio sanguinario, se le ocurría destripar al hada, como hace con las cucarachas y con los ratones?

(Comérsela no se la iba a comer: el Toto sólo come alimento preparado.)

Tropezándome con todo, corrí hacia abajo.

Mi mamá y mi papá, que miraban las noticias, se asustaron.

—No bajes corriendo, Nanu.

—Te dije que no me gusta.

Pobre Toto... Dormía muy pancho, en su canasta.

Siempre duerme, el Toto.

(Eso es lo que más me desespera de él: su haraganería.)

En cambio el hada se había despertado. Y estaba sentada sobre la hoja, acomodándose una coronita minúscula que yo no le había visto antes.

—¿Sombrero y caballito? —dijo el hada sin mirarme.

—¿Qué cosa? —pregunté yo.

Y me quedé muy asombrado. Siempre había pensado que las hadas hablaban un idioma rarísimo: idioma de hadas. Por lo menos eso es lo que aseguraba la abuela.

—¿O era caballo y sombrerito? —siguió el hada, moviéndose inquieta.

Yo no supe qué decir. Pero intenté ser amable: no todos los días un hada de verdad se aparece en el patio de la casa de uno.

—¿Necesita algo, Majestad? —pregunté en voz baja, para no asustarla.

Sólo en ese momento el hada pareció darse cuenta de que yo existía.

Y me miró a los ojos.

Y me sonrió.

¡Ay, ay, ay! ¡Qué linda era, qué linda, cuando sonreía!

Y mayor que yo, como me gustan a mí las chicas: ¿tendría trece, catorce años?

—Lo que necesito es mi caballo, niño —dijo ella entonces—. ¡Y lo necesito ya! Espero que no se haya hecho daño al caer.

—¿Su caballo...? Eh... ¿Y cómo es su caballo, Majestad?

—Azul —dijo el hada echando para atrás la cabeza—, con ojos de fuego, herraduras de plata y un diamante en la frente.

—Ah, bueno, si lo veo por el patio, se lo traigo. Pero mejor será mañana, con más luz —dije yo—. Lo que sí podría

ofrecerle ahora, Majestad, es un manojito de tréboles tiernos.

—¡Tréboles tiernos! ¡Mi platillo pre-
ferido! —aplaudió el hada—. ¿Ro-
ciados con unas gotitas de leche tibia,
quizá?

Dije que sí con la cabeza, porque la
voz no me salió.

—Y puedes decirme Melu... Después
de todo, vamos a ser de la familia, ¿no?

Empecé a sentir que transpiraba frío,
como cuando me vino la varicela. ¿Qué
había querido decir el hada con eso de
«ser de la familia»?

—¡Majestad! Digo..., Melu...

Pero justo en ese momento apareció
mi papá, con el cepillo de dientes, rum-
bo al baño:

—Otra vez hablando solo, Nanu. Te dije que no me gusta.

Y atrás de mi papá, mi mamá, untándose la cara con su crema verde.

—A dormir, que es tarde, Nanu —dijo ella—. No te canses.

Y me dejaron solo.

Solo con el hada.

Y entonces al hada le dio como un ataque.

—«¡Te dije que no me gusta!» «¡No te canses!» ¡Bah, bah, bah! —chilló el hada imitando las voces de mis padres y haciendo muecas—. ¿Y esos dos? ¿De dónde salieron esos dos?

—Son mi mamá y mi papá —dije avergonzado.

(¿Y por qué tendría que avergonzar-

me de mi mamá y mi papá, que me que-
rían con locura, eh? ¿Qué era lo que
estaba pasando aquí?)

—«¡Son mi mamá y mi papá, son mi
mamá y mi papá!» —siguió chillando el
hada, y me giró la cara, como ofendida.

Yo corrí a buscar los tréboles y la
leche y... ¡UFA, qué ganas de que llega-
ra mi abuela, a poner un poco de orden
en esta casa!

—¡Aaaj! ¡Qué porquería! —gritó el
hada cuando probó un poquito de lo que
yo le había preparado—. ¡No pedí sopa
fría de tréboles de maceta! Te lo advier-
to, niño: así no se trata a una reina que
ha venido a buscar esposo.

Epa, epa, epa... Un momentito...

¿¿¿Qué había dicho el hada???

¿¿¿Buscar esposo???

¿¿¿En mi propia casa???

Por lo que yo sabía, en mi casa había sólo dos hombres: ¡mi papá y yo...!

Y mi papá ya estaba casado... Con mi mamá.

Así que...

Las piernas me temblaron. Y tuve ganas de escapar.

Pero decidí hacerle caso a mi abuela.

Y ponerle el pecho a la vida, como dice ella.

Y buscar un vaso limpio de boca ancha.

—Acomódese aquí, Majestad —le dije—. Mañana hablaremos tranquilos, cuando venga mi abuela.

—¡Oh, no! ¡Una abuela no entraba en mis planes!

Pero la dejé que protestara sola.

Y me llevé el vaso con el hada a mi mesita. Porque uno, con las mujeres, no puede ser demasiado blando.

(Eso no lo dice mi abuela: lo dice mi papá.)

Mi mamá y mi papá abrieron la puerta para darme las buenas noches

(Ellos me dan varias veces las buenas noches, por si acaso no los escucho.)

—¿Desde cuándo un hijo mío tiene que dormir con una velita encendida, Lucy? Te dije que no me gusta.

—Que sueñes con nosotros, Nanu. Y no te quemes.

Casi al amanecer, por fin pude descansar un rato.

Toda la noche me la pasé mirando al hada, dormida en su vaso.

¡Cómo brillaba en la oscuridad!

¡Y de qué manera perfumaba el aire!

Pensándolo bien, ser rey en un país de hadas debía de tener su lado positivo.

A la mañana siguiente, bien temprano, sonó el timbre de la puerta.

Como era sábado, yo no tenía que ir a la escuela y nadie se había levantado todavía.

Sobre la mesita, el hada dormía a pata suelta.

Me vestí rápido (no quería que el hada se llevara una desilusión al verme con esos calzoncillos), y quise bajar para abrir la puerta.

Bajé, pero rodando: porque atravesado cuan largo era, justo en el escalón del medio, estaba el Toto.

Y lo único que hizo el Toto al verme

caer fue abrir un ojo y volver a cerrarlo...

(Eso es lo que me desespera del Toto: su desconsideración hacia una familia que lo consiente y le da todos los gustos.)

—¡Abuelita querida! —le dije abrazándola fuerte.

Siempre había querido mucho a mi abuela, pero ahora la necesitaba tanto...

—Vengo para quedarme —dijo—. ¿Y el hada?

—Durmiendo en su vaso.

—¿Tus padres?

—Durmiendo en su cama.

—Bien, bien, bien: todo bajo control.

—No, abuela, nada bajo control. El hada...

—¿Sí?

—El hada... ¡quiere casarse conmigo, abuela!

Nunca había visto a mi abuela tan enojada. Ni cuando mi abuelo se fue a vivir a la India sin avisar, y ni una postal le mandó.

—¡Tenía que habérmelo imaginado! ¿Por qué no vine anoche, eh? ¿Cómo pude descuidarme así? —gritaba mi abuela caminando de un lado para el otro.

—Y..., bueno, abuela —dije yo, por decir algo—. Será cuestión de hablar con ella, y convencerla...

—¿Convencer a un hada, insensato? —rugió mi abuela—. Ay,

Nanu, Nanu... ¡Si no fuera por el reflejo rojizo de tu ojo izquierdo, dudaría de que soy tu abuela! No quiero asustarte, niño, pero cuando a una criatura de la luz se le mete un humano entre ceja y ceja..., no hay fuerza capaz de hacerla entrar en razones. Si lo sabré yo...

—No entiendo, abuela.

—Ni falta que hace, Nanu. Pero primero vamos a ver al hada. ¡Ah!, una advertencia: las hadas son caprichosas, se ofenden con facilidad y tienen unos cambios de humor que..., bueno... Por eso, Nanu, sé educado y gentil, que en eso te va la vida...

Cuando llegamos a mi cuarto, el hada ya había salido del vaso y estaba en el estante de los juguetes, curioseándolo todo.

¿Pero qué había pasado en mi cuarto? No lo reconocía...

—Estuve poniendo un poco de orden aquí —dijo el hada—. ¡Loca me ponen el desorden y la suciedad!

Entonces yo me acerqué y, haciéndole una reverencia, le dije:

—Majestad, ésta es mi abuela Emma.

Mi abuela también hizo una reverencia.

—Caballo y sombrerito, mi Señora —le dijo después, con una sonrisa rara.

—¿Qué dijiste, abuela?

—Calladito, Nanu...

—Oh, sí —dijo contenta el hada—. Caballo y sombrerito...

Y después se dirigió a mí:

—A propósito de caballos, niño, supongo que ya habrás encontrado el mío.

—Esteee..., el azul, ¿no?, de los ojos de fuego y el diamante en la frente, ¿no? —dije tratando de encontrar alguna idea salvadora.

¡Pero, oh, oh, oh! ¡Allí llegaba el caballito! ¡Y era el Toto, el querido y maravilloso Toto, quien lo traía en la boca! Medio maltrecho, es cierto, pero vivo, porque pataleaba

El Toto trepó al estante de los juguetes y, con toda delicadeza, depositó el caballito a los pies del hada.

(Eso es lo que me gusta del Toto: sus modales finos. Ahora que..., ¿cuándo los habrá adquirido? Porque lo que es con nosotros...)

—Oh, mi pobre caballito, ¿qué te han hecho? —gimió el hada.

—No se preocupe, Majestad —mi abuela sí que sabía tratar a las hadas—. Un poco de descanso, un manojito de tréboles tiernos, un buen baño… ¡Y quedará listo para emprender viaje! Ah, y como me imagino que usted todavía no

habrá desayunado, aquí le traigo este pudín de cebada y miel. Es una antigua receta familiar...

Mientras el hada comía el pudín y el Toto lamía al caballito hasta devolverle su azul brillante, mi abuela me llevó a un rincón.

—Trataré de salvarte, Nanu. Aunque no te aseguro nada.

—Pero abuela; antes quiero decirte que...

—Silencio... Del país de las hadas pocos han regresado. Allí te hechizarán, y creerás ser muy feliz. ¡Ilusión, ilusión, pura ilusión! Ni tu casa ni tus padres ni tus maestros: nada te importará, Nanu. Y, lo más grave: yo tampoco te importaré... Sólo ella. Ella, que bailará y cantará y te preparará exquisiteces... ¡Hasta volverte loco de amor...!

—¡Oh, abuela, me encanta...!

Pero mi abuela ya no me escuchaba.

Yo me escondí debajo de la mesa: iban a hablar de mí...

—Y ahora —dijo mi abuela—, usted y yo, Majestad, tenemos que conversar. Aquí Nanu, mi nieto, me dice que ha venido en busca de esposo.

—En efecto, señora...

—Emma, dígame Emma.

—Bueno, Emma... Ya que vamos a ser de la familia...

—Esteee... ¿Y cómo fue que lo eligió a él? ¿Así de repente? Lo vio y...

—Más que verlo, lo olí... Amor a primer golpe de olfato fue. Resulta que yo iba en una de mis cabalgatas y, al pasar cerca de esta casa, no sé, un impulso irrefrenable me hizo perder el control y de pronto...

—Se cayó...

—Me tiré, Emma, que es muy distinto.

—Y después lo vio a él.

—Y cuando lo vi, supe que para mí jamás habría otro. Le aseguro, Emma, que soy hada de un único amor, y que conmigo será muy feliz. Pero también le aseguro —y ahí la voz del hada cambió—, que si él no es para mí, no será para ninguna.

(Desde debajo de la mesa vi temblar las piernas de mi abuela.)

—¡Pero no nos pongamos nerviosas, Majestad, amiga mía! Ahora, aquí, entre nosotras, debo hacerle algunas confidencias. Por eso de la solidaridad femenina.

—Hable, Emma: estoy preparada.

—Majestad: él no es lo que aparenta.

—Eso ya lo sé. ¿Soy un hada, no?

—Sí, es cierto... Lo que yo quería decir es que... una cosa es una cosa, y otra cosa es otra cosa, ¿me explico?

—Para nada, Emma.

—Bien, seré clara: digo que la convivencia, ¡ah, la convivencia! Y conste que a mí me parte el corazón decirle esto, porque también lo quiero al pobrecito. Aunque él es tan... ¡qué sé yo!

—¿Tan qué?

—¡Tan estúpido, Majestad!

—¡Abuela, no! —susurré.

—Bueno..., conmigo va a cambiar.

—Sí, sí, cómo no... Todas pensamos cambiarlos a ellos, Majestad. ¡Y después son ellos los que nos cambian a nosotras!

—A mí, sin embargo, me pareció...

—Y hay defectos imposibles de corregir... ¡Hasta para un hada, mire lo que le digo! La pereza, por ejemplo, el mal carácter y la descortesía... Por no hablar de la ignorancia, los malos hábitos, la brutalidad. Y eso no es todo...

(Desde debajo de la mesa, rabioso, yo empecé a pellizcarle la pierna a mi abuela.)

Pero entonces habló el hada.

—Perdón, Emma —y por el tono de voz me di cuenta de que ella estaba tan

furiosa como yo—. ¿Me lo parece a mí o está tratando de decirme que lo nuestro no va a poder ser? Porque en ese caso, terminamos. Y yo me lo llevo, por las buenas o por las malas.

¡Ésa era mi hada! ¡Si yo lo que quería, con toda el alma, era irme con ella! Claro que me daba lástima de mi abuela. Y también de mi mamá y de mi papá. Y de los chicos de la escuela. Y del Toto, por supuesto. Pero bueno, qué podía hacer yo si un hada (y no cualquier hada: la Reina de las Hadas) me había elegido entre todos... Por algo sería.

—Está bien, abuela —dije yo tratando de disimular mi alegría—. Hiciste lo que pudiste.

—Yo no sé cómo, pero te juro, Nanu, que te voy a ir a visitar —lloriqueó mi abuela—. Ahora lo más difícil va a ser convencer a tus padres, para que te dejen ir. ¡No quieras saber lo que puede llegar a hacer un hada loca de amor!

Me miré al espejo: jamás hubiera pensado que un hada podía volverse loca de amor por mí.

Ni siquiera me lo hubiera imaginado de una chica común y corriente.

Es que yo sabía poco de estas cosas.

Y nunca había tenido una novia hada.

Es más: nunca había tenido una novia…

—Hay que impedir que tus padres y el hada se encuentren, Nanu: podría suceder lo peor —dijo mi abuela.

Y entonces le sugirió al hada que se entretuviera un rato por ahí mientras la familia ultimaba detalles.

—¡Haré un poco de limpieza general! —se entusiasmó el hada—. ¡Me encanta la limpieza general!

Después mi abuela despertó a mis padres y les pidió una urgente reunión de familia.

Y contó lo que había pasado.

(Yo decía que sí con la cabeza, que era lo único que me dejaban hacer.)

Pero mi mamá y mi papá no entendían nada.

Y creyeron que nos habíamos intoxicado con un hongo venenoso. O que habíamos caído en poder de una secta.

—¡A mí que no me vengan con hadas ni caballitos de colores ni cosas raras! ¡Ya dije que no me gustan! —protestaba mi papá.

—Mamá, Nanu: miren que les puede agarrar una corriente de aire y dejarlos así para siempre —suplicaba mi mamá—. ¡No se hagan los locos!

—Para mí que es esa comida enlatada que trajiste del supermercado, Lucy. Te dije que no me gustaba.

—O serán los chicos esos que andan en patines y se pintan el pelo de verde. ¡Ay, Nanu!, no te juntes con los chicos de pelo verde...

Y así siguieron y siguieron.

Hasta que mi abuela se hartó.

Y abrió la puerta.

—¡Adelante, Majestad!

Y entonces entró el hada, volando en su caballito azul.

Y mi mamá se desmayó.

Y mi papá no se desmayó, porque los desmayos son cosa de mujeres, pero se puso a llorar y a llamar a su santa madre, que vive en Londonderry, Irlanda del Norte.

Al final mi abuela, que es una *genia*, consiguió tranquilizar bastante los ánimos con un licorcito especial que ella prepara con yuyos misteriosos.

Pero el hada y yo no tomamos licorcito: tomamos leche y comimos tréboles.

Y mi mamá y mi papá no se pudieron aguantar:

—No comas tréboles, Nanu.

—Te dije que no me gusta.

El hada se portó como lo que era, como una reina: cantó, bailó y contó cosas maravillosas de su país.

Claro que mi abuela tuvo que traducir lo que ella decía, porque ni mi mamá ni mi papá entendían una palabra.

Y todo hubiera seguido bien si mi papá no se hubiera ofrecido como voluntario para acompañar al hada en su viaje.

Porque entonces mi mamá le dijo a mi papá que, si él se iba al país de las hadas o a la India o a donde cuerno fuera, ella antes le arrancaba los ojos.

—Fue una idea... —se disculpó mi papá.

Pero la cosa venía mal.

Y mi mamá se puso pesada con el tema de las edades.

—Él es tan chico para casarse… ¡Piensen que todavía no tiene los nueve!

El hada dijo que ella acababa de cum-

plir los ciento once. Y que no veía dónde estaba el problema.

Y ahí el que casi se desmayó fui yo.

Suerte que en seguida saltó mi abuela:

—¿Qué son ciento tres años de diferencia cuando hay amor verdadero, eh?

«Cierto», pensé yo.

Pero el hada ya estaba perdiendo la paciencia.

—La caravana va a venir a buscarme. Han pasado tres días desde la fiesta de Todos los Santos y llevamos mucho retraso. Yo me voy y me lo llevo. Sí o sí.

—Por supuesto, Majestad —dijo mi abuela—. En un momento se lo tenemos listo.

Y se puso a llorar, mientras me decía bajito:

—Te vas a tener que dar un buen baño, Nanu.

—¡Ah! —dijo después el hada—, como sé lo que a ustedes les cuesta desprenderse de él, les dejaré su peso en oro. Entiendo que él no tiene precio, pero es nuestra costumbre...

—No sé por qué pero me gusta esta chica. ¿Dije ya que me gusta? —se sonrió mi papá.

Mi mamá lo miró torcida.

—Es una manera de hablar, Lucy: podría ser mi hija..., digo, mi bisabuela.

—A mí lo único que me importa es que sean felices. Que sean felices —dijo mi mamá—. Y que no vuelen muy alto.

Yo no dije nada, pero me fui a preparar mi mochila. Y a despedirme de todos.

No, no, no.

Nunca se lo voy a perdonar.

Pasarán los años, yo seré viejísimo como mi abuela, y seguiré tramando mi venganza.

Porque resultó que yo ya estaba listo, con mi mochila al hombro, cuando veo aparecer al Toto.

—Te voy a extrañar, Totín —le digo, y me agacho para darle un beso.

¡Para qué!

—Yo no, Nanu —dijo el Toto, hablando como el mejor—. No voy a tener tiempo de extrañar a nadie.

Y entonces llega ella, Melu, montada en su caballito azul, y mirando al Toto a los ojos, le dice:

—¿La contraseña?

—Caballo y sombrerito, mi reina —dice el Toto.

Y ahí fue: el Toto se empezó a achicar, a achicar, a achicar.

Y cuando llegó al tamaño de mi dedo mayor, pegó un salto y se subió al caballito, delante del hada.

Pero, ¿me lo pareció a mí o el Toto ya no era el Toto?

—¡Oh, qué linda pareja! —dijo mi abuela, que estaba casi tan sorprendida como yo.

Sorprendida pero contenta.

Igual que mi mamá.

Y que mi papá.

En cambio yo estaba furioso.

Con el hada, con mi abuela, con mis padres, y sobre todo con el Toto.

Y encima esos dos, saludando desde el aire.

(¿Desde cuándo el Toto usa sombrero de pluma?)

Pensar que yo le había dado al Toto los mejores años de mi vida.

Aunque siempre sospeché de él.

Y nunca me convencieron sus ronroneos engañosos. Ni su sonrisa.

(Eso es lo que más me desespera del Toto: que es un maldito traidor.)

—Abuela, ¿quién te enseñó tantas cosas sobre las hadas, eh?

—Pssss...

—Abuela, ¿cómo sabías lo de la contraseña?

Entonces mi abuela se acercó y me dio un beso:

—¡Ay, Nanu, Nanu...! Si no fuera porque te quiero tanto, y por el polvito dorado que queda en la bañera las pocas veces que te das un baño..., dudaría de que soy tu abuela.

Colección TUCÁN
(Últimas publicaciones)

123. José M.ª Plaza. *Papá se ha perdido* (Serie Azul).

124. Javier López. *El niño que mató a Dios* (Serie Verde).

125. Paul Shipton. *Muldoon, detective privado* (Serie Verde).

126. Rafael Estrada. *El rey Cantarín* (Serie Azul).

127. Elena O'Callaghan i Duch. *Hoyos y embrollos* (Serie Azul).

128. Enrique Pérez. *El niño que conversaba con la mar* (Serie Verde).

129. Ghazi Abdel-Qadir. *El aguador* (Serie Verde).

130. Miguel Ángel Moleón. *¡Tris, tras, y el tarot a rodar!* (Serie Verde).

131. Xelís de Toro. *El trompetista y la Luna* (Serie Azul).

132. Paloma Bordons. *Mi vecina es una bruja* (Serie Azul).

133. Roberto Santiago. *Jon y la máquina del miedo* (Serie Verde).

GL

BOSTON PUBLIC LIBRARY

3 9999 04861 633 6

134. Mª Teresa Aretzaga. *El otro sastre-cillo* (Serie Azul).

135. Carmen Gómez Ojea. *El camino del bosque* (Serie Verde).

136. Paz Hurlé Becher. *Algo raro está pasando* (Serie Azul).

137. Carlos Cano. *El pirata que robó las estrellas* (Serie Azul).

138. Carlos Elsel. *Cruceta, el anacoreta* (Serie Verde).

139. Pablo Barrena. *Juanita Ventura y los extraterrestres* (Serie Verde).

140. Pepa Guardiola. *Los ojos de la ne-reida* (Serie Verde).

141. Miguel Ángel Moleón. *Canuto y Silvio Juan, tal para cual* (Serie Verde).

142. Javier López Rodríguez. *Cocorota y compañía* (Serie Azul).

143. Darío Xohán Cabana. *Inés y la perrita sabia* (Serie Azul).

144. Graciela Cabal. *Las hadas brillan en la oscuridad* (Serie Azul).

145. Miquel Rayó. *El camino del faro* (Serie Verde).